천천히 오랫동안

홍진숙 시집

시음사
시사랑음악사랑

詩로 삶을 치유하고 싶다는 홍진숙 시인

언어 능력은 인간 개념의 핵심이다. 음성언어의 사용으로 인간은 인간다워지고 문자언어의 사용으로 인간은 문명화된 삶을 영유할 수 있다는 사실은 시인의 작품들에서 흔히 느낄 수 있다. 홍진숙 시인은 詩는, 시적인 삶은, 현실적인 삶과 동일한 지평을 공유하고 싶어 하지만 그사이에는 볼 수도 없고, 읽을 수도 없는 괴리가 현존하는 것이라 말하고 있다. 자연을 노래하고 자연 속에서 삶의 이미지를 찾는 일이 얼마나 아름다운 시상이며 현대인들에게 꼭 필요한 것이라 말하며 자신의 詩 세계 또한 그렇게 쓰려 노력한다는 시인이다. 희망과 꿈을 꾸게 하는 일이 시인이 해야 할 일이고 시인이 지향하는 궁극적인 목적의 뚜렷함을 보여 주고 있는 홍진숙 시인이다. 그래서 그런지 작품을 보면 몽환적인 세계 상으로 눈에 보이지 않는 에너지로 독자의 사랑을 많이 받고 있다.

홍진숙 시인의 첫 시집 "천천히 오랫동안"이란 제호처럼 오랜 시간 습작을 통해 잘 삭혀진 김치만큼이나 맛깔스러운 작품이 자연과 함께 풍경화를 그리면서 여백의 의미까지를 보여주고 있다. 홍진숙 시인은 열정적인 시인이다. 사회적으로도 성공한 삶이지만 문학에 대한 열정 또한 남다른 시인이다. 지회 활동과 문화예술 활동에도 빠짐없이 참여하면서 대한창작문예대학까지 졸업할 정도로 문학에 대한 열정이 끝이 없는 시인이다. 〈명인명시 특선 시인선〉에 선정될 만큼 실력 또한 탄탄한 홍진숙 시인이 이제 첫 시집 "천천히 오랫동안"을 들고 독자 앞에 섰다. 짧고 간결한 문체 그러면서도 독자의 가슴을 두드리는 작품들이 많은 독자의 눈과 마음을 즐겁게 해주리라 믿으며 기쁜 마음으로 추천한다.

사단법인 창작문학예술인협의회 이사장 김락호

시인의 말

내 허물이 많았던 탓일 게다
지나고 나면 아무것도 아니었는데
가끔 힘들게 하는 삶들이 견딜 수 없어
마음 베이던 날은 혼자서 무작정 열심히 걸었다
그때마다 혼자라고 생각했던 내 곁에 또 다른 나와 함께
시는 벗처럼 위로해 주었다
외롭지 않기 위해 밝고 따듯한 햇살 속으로 걸어가도록
천천히 함께 연민처럼 걸어주고 있는 시라는 벗이 있었기에
내 속에 있던 기쁨과 슬픔
용기를 내어 밖으로 걸어 나올 수 있었다

시인 **홍진숙**

♣ 목차

♣ 목차

♣ 목차

♣ 목차

QR 코드 스마트폰으로 QR 코드를 스캔하면
시낭송을 감상할 수 있습니다.

 제목 : 바람의 편지
시낭송 : 박태임

 제목 : 공존
시낭송 : 박순애

 제목 : 옹기
시낭송 : 박영애

 제목 : 꽃잎이 질 때
시낭송 : 박순애

와히바 사막의 큰 거북

지하철을 보면
왜 난 느닷없이 한 번도 만나 적 없는
와히바 사막 근처 해변의 큰 거북이 연상되지
천천히 때로는 끊임없이
한낮의 뜨거움 과 밤의 추위를 견디며
앞으로 나아가게 밀어내는 힘
그것은 방금 벗어난 푸른 바다일까
아니면 수없이 밀려왔다 밀려가는
썰물 같은 다양한 감정들일까
한 번도 벗어난 적 없는 바다와 사막의 거리
가끔은 거대한 모래 숲 같은 도심이
치열함으로 지쳐갈 때
달아나고 싶었을 육중한 등껍질의 무게
그러나 앞으로 나아가는 것을 멈추지 않은 채
레일을 벗어나거나
다시 되돌아 온 길을 잊은 적 없는
기진한 몸을 이끌고 푸른 바다로 돌아가는
와히바 사막 근처 해변의 큰 거북
그 지극한 완벽의 순종

와히바 사막 - 중동 오만의 중동부 거대한 모래사막
세계 최대의 큰 거북 산란지

한때는 함께했던 우리였지요 (잡초를 뽑다)

감금되었던 어두운 방을 열고
그들의 구속을 풀어줍니다
온몸에 감겼던 불합리한 넝쿨도 벗겨내었죠
원치 않았던 밀집의 공간
점유자로부터 한동안 감금된 탓에
시들었던 영역은 금세 환하게 살아납니다
바람의 힘으로 떠돌던 유랑의 근성은
질기고도 강한 법이죠
씨앗부터 단단했을 뿌리들을
하나씩 하나씩 응징하듯 뽑을 때마다
움 품 패인 깊은 아우성
상처의 그늘로 번져오는 더 이상
 떠돌고 싶지 않은 부표 같아요
절절히 텅 빈 자리 흔적은 서로 등 기대고
저물녘 노을과 밝아오는 여명을 함께 바라보던
한때 함께했던 우리였지요

움트는 것은

움트고 올라오는 것은
모두 예뻐라
방금 세수한 청결한 얼굴
오랫동안 전하지 못한 안부
이제 도착하여 가만히 걸어오는 저 상냥함
작은 잎을 오므려
젖은 어둠을 밀어낼 것이니
때마침 지저귀는 새들처럼
웅크렸던 오염들을 청아하게 밀어낼 것이니
텅 빈 것들을 채우며
온 세상 환한 기적으로 밝아오게 하는
가만히 걸어오는 작은 발들이여

색채 놀이

너무나 차가워서 만질 수 없었던
아지랑이 같은 노란빛
어린 시절 엄마를 기다리던 시간은
노을 같은 주황색
내생에 가장 바빴던 시절은 빨강
뜨겁게 사랑하고 싶었던 그 사람의 의미로
떠오르는 파랑
창문을 닫고 멀리 두고 싶었던 의도적 고립의 갈색
부재중 메시지처럼 겉도는 쓸쓸한 회색
알 수 없는 반항 같은 검정
목련 꽃잎 같은 안부들이 나비 떼처럼
날아오르던 흰색 실루엣
여전히 친해지기 어려운 영역
가슴 뛰는 푸른 언덕의 보라
아아…. 떠도는 동안 아득한 세월을 관통하고
빛처럼 들어와 내생에 물들였던 색들

봄밤

너도 떠날 수 없었듯이
나 또한 너를 떠날 수 없음이다
다만 말을 안 하고 있었을 뿐
모든 게 흐드러진 이맘쯤
방마다 불이 켜지듯
홍등들이 바람에 흔들리면
마구 무너지고 싶다
마구 흔들리고 싶다
너에게로
다만 말을 안 하고 있었을 뿐
여전하다 많이 흘렀음에도
그때의 접힌 시간을 헤집고
달려오는 질긴 기억들처럼
어찌할 수 없다
여전히 이맘쯤이면
마구 흐드러져 너 속으로 빨려 들어가고 싶은
이 충동들을

휴식

햇살이 자유와 함께
나의 창가로 걸어 왔어
서둘지 않아도 되는
모든 것들의 숨소리
기꺼이 허락하는 침몰

상상의 힘

캄캄한 지하 철로를 빠져나와
달아나던 갑자기 환해진 밖의 풍경들은
건물 구조물 사이 틈을 뚫고 들어오는
은밀하고 집요한 한 줄기 빛들은
평상시 넘을 수 없을 거라 단정 지어진
절망을 훌쩍 뛰어넘게 하는 나비 떼 같아
체육 허들 시간
상상으로 날아올라 내 키만 한 높이의 허들을
어느 순간 가볍게 넘었던 것처럼
상상들이 어둠을 밀어내기 시작하면
햇빛이 데리고 온 바람의 씨앗들이 내 몸 속으로 들어와
푸른 잎사귀로 자라나기 시작한다는 것을
이제 막 벗겨진 생을 시작하는 뽀얀 밝음이 찰랑거리며 걸어와
시멘트 위로 번져오는 더욱 환한 빛의 깃털로

끝나지 않은 과제

햇볕이 부족해도 빈혈이 온다고 했다
마지막 문장에 도착해 마침표를 찍기 위한
그 어쩌지 못하는 긴 겨울
현기증 같이 뜨겁고 차가운 이야기들 때문에
낯선 활자들은 곧잘 넘어져
하루에도 열두 번 내 몸도 몇 번이나 차갑고 뜨거웠다
그런 날은 변함없이 공기는 달콤 했지만
숨을 쉴 수가 없어 오래도록 여전히 아프다
증발하지 않도록 가둬야 할
깊고 가혹한 마지막 문장을 통과하기 위해
그래서 더 꼼짝없이 끌어안고 길을 내야 하는 통증

보라의 환각

거꾸로 세상을 바라보고 싶을 때
문득 나를 끌어당기던
깊은 고립의 골짜기들
모두가 보랏빛 세상이 되었을 때
시차의 낯섦에 흔들렸지만
마침내 나는 안정되었고
또 안도 되고 있었음을
탈색된 사막을 새롭게 일으키는 푸른 잎들처럼
나를 꿈꾸게 하는
어쩔 수 없이 난 보라가 좋다

자작나무 숲에서

가까이 또는 멀리 서 있는
함께 하는 나무들의 간격
간격과 간격 사이 어깨 기대고 있던
곧은 몸 사이로 작은 잎들
바람에 일제히 몸 흔드는
함께하는 눈물겨운 찰랑임
문득 너와 나 여위어진 마음 거리 간격은
얼마나 될까

유포리 회상

소양호 물안개 따라
사과 꽃 향기 바람에 날릴 때쯤
유포리 봄 길 걷자고 했지요
약속만 했는데도
빛 바랜 파스텔 함석지붕
나지막이 엎드려 있던
봄 길 그 기억
스무 살 젊음이 깨어나 걸어오고 있네요
오
아직도 상처 하나 없이
곱고 뽀얀 살결의 청춘입니다
파랑새 날개깃처럼 흐르고 있는
소양호도 스무살 그대로네요

유포리 – 춘천 소양호 가는 길목, 사과 과수원이 많았던 작은 마을

다리미질

그 남자는 배려의 행동이었을 텐데
상대가 여자였다는 이유로 다툰 아침
푸른 질투가 깊고 춥다
나의 좁은 소견이 서슬처럼 춥다
그 남자를 출근시키고 어디에 앉지도 못하고
꼿꼿하게 서 있는 구겨진 마음을 다림질한다
서로에게 퍼부었던 물기 젖은 비난들을
예측 없이 흐려오던 감정들을
다리미 온열로 지그시 눌러본다
그 남자 와이셔츠 깃 주름처럼
벗어날 수 없는 애증의 협곡을 지나는 동안
그 남자 와 나는 얼마나 더 춥게 젖어야 할까
수시로 휘청이는 우리 서툰 사랑이
더 굵고 단단해지기 위해

꽃 새우

먼바다 해조음 그리워하고 있었을까
나의 요란한 식욕에
작은 살점들이 하나하나 분해되기까지
어떤 인연으로 내게 닿았을까
달짝지근한 먼 거리로부터 온 잃어버린 바다
입안에서 느껴지는 곧게 살아왔을 굽은 등의 생애
왠지
갓 피어난 제라늄 붉음처럼 누워있는
지나간 그의 시간을
위로처럼 다독여주고 싶다

새싹들은

새싹들은 주어진 영역에서
다른 영역을 넘보지 않고 침범치 않으며
살아있음의 알림
뾰족한 끝으로 지표면 단단함을 뚫기 위해
일제히 일어서는 작은 몸짓의 용기
연약함이 강함을 이기는 것은
조용한 함성으로 그들의 영역에서 일제히 힘을 모으는 것이지
도심 대로변에서 보았던 어린싹
세상의 빛을 보기 위해 천천히 밀어 올렸을 자동차의 경적들을
어지럽게 내려앉았던 조명들을
무수히 지나갔을 발자국들을
마중 없는 길 들을
그것들과 뒤틀리지 않고 묵묵히 초록으로 제 영역을 충실히
물들여 놓는 힘
수시로 타인의 영역을 넘나드는 인간보다 정직하다는 것을
새싹들의 본성은

홍매화

언제였지
아주 먼 기억 저 끝
너무 환해
깊은 어둠 같은 나의 첫사랑
쉽게 허락하지 않아
겨우내 애태우던 상처의 결들
가지 마디마디
붉은 속살 건드리듯
아린 향기로 피어나는

겨울딸기

동짓달 무거운 침묵을 달콤하고 새침한 표정으로
가벼이 밀어내는 작은 저것 좀 봐
짙은 안개처럼 서 있던 무거움을
단숨에 가벼움으로 휘저어 놓다니
반가운 안부처럼 계절을 앞질러 나의 식탁에 닿은
향긋하다. 달콤하다로 보편 지어진 이름
꼼짝하지 않던 동짓달 무거움을
가벼움으로 일으키고 있는 희망의 파문들

모니크 우연히 당신의 일기를 봤어요
(시몬느 드보봐르 위기의 여자를 읽고)

슬픈 표정의 모니크 너무 슬퍼 말아요
지금까지 스스로 헌신과 사랑의 꽃을 피웠다고
생각했던 것들이 결코 가공의 시간은 아니었으니까
모리스가 만들어놓았던 가짜의 성 한때는 진실했을 테고
어느 날 밤
우연히 일기를 보기 전 완벽한 행복으로 있었을 때까지
이미 서서히 증발하고 있었던 걸 몰랐을 뿐
부패하기 시작한 균열로부터 변질된 사랑 껴안고 있기엔
모든 뼈들이 견딜 수 없어
한때 모리스가 내 사랑 전부라고 생각했던 초록의 정원들
장미꽃 울타리를 잃어버렸으니
더이상 내 것이 아닌 것들이 되어버린 그날 밤 이후
따뜻하고 익숙했던 사랑 이젠 붙잡지 말아요
오랫동안 모니크를 유기 시킨 모리스가 만들어놓은
가짜의 성에서 달아나도록
헌신의 함정에 더 빠지지 말기를
이미 아름다움을 잃어버린 울타리에서
증오로 끌려 다니던 노델리란 적보다
더 끔찍한 모니크 가슴속에 숨어있던 불신의 숲에서 이젠
걸어 나와 가고 싶던 길을 가도록 해요
뤼시엔느 충고처럼 스스로 자신을 사랑하며 살아갈 것

고통에 절여진 시간 버리고 새로운 시간을 입양할 것
칼날의 흠집처럼 예리하게 찍힌 일방적 강요에 떠밀려온
우울한 기억의 검은 바다를 건너
한때 서로 사랑했던 장미꽃 열정
그 빨간색조차 진실이 아니었다 해도
위대했던 어머니 사랑스러운 아내의 존재는 영원할 테니까

새들의 질서

후두두 모이에 내려앉은 새들
그들만의 신호로
먼저 먹고 날아간 한 무리와 나중 먹고 간 무리
짧은 소란함 속
배려와 질서의 모이를 나누어 먹은 포만 해진 배
결코 서두르기 위한 이기적 날갯짓과 어지러운 발자국을
남기지 않았던
그들은 어떻게 알았을까
다투지 않고도 공평한 포만을 얻는 방법을
견디며 잘살아가는 흔적을 남기고 날아간 새들

불면

벨벳 어둠이
까만 눈으로 나를 지켜보고 있을 때
그 검은 사각의 벽
마주 서 있기보다는
뒤로 숨고 싶었지

낮에 읽다 만 어느 책 한 페이지
글들이 글들을 부둥켜안고
빙글빙글 돌고 있는 사이
더욱 명료해진 내 의식에 베어진
피 흘리며 나뒹굴던 이슬 맺힌 언어들

검은 어둠의 사막을 건너와
잠들지 못하고 유영하던 눈뜬 물고기 같아
움직일 수 없는 지느러미로 표류할 때

밤과 교접한 시퍼런 달빛
뽀얀 살결 드러낸 체 지쳐있고
진지하게 흘러갔을 시간을 밟으며 어느새 오고 있던 새벽

내린천

나뭇잎 바람에 스치는 소리
햇살조차 걸림이 없는
고요한 정적에 갇혀있고 싶다
그동안 게으른 내 의식에 물 뿌려
꽃 피우며 한참을 머물러도 좋겠다
모든 것을 내려놓고 바라만 보아도 좋은
내린천 거슬러 오르는 물비늘 헤이며
반나절 앉아 있으면 또 어쩌랴
지친 나에게 손 내밀어 앉을 자리 권하는
설악의 넉넉한 품 안에 오래도록 갇히고 싶다

엄마의 등을 닦으며

사라진 시간이 만들어 놓은
쓸쓸한 엄마 등위에
먼 여정 쉬지 않고 달려오느라 가벼워진 살갗 위에 비누칠을 한다
살아오는 동안
늑골 깊숙이 숨긴 다치다 아문 흔적들
숱하게 흘렸을 눈물 같은 비눗방울들
위로처럼 흘러내린다
때론 넘어질 듯 덜컹거렸을 생
벗겨내고 싶었던 굴곡의 비늘들
길을 잃고 흔들리지 않으려 애썼을 꿋꿋함의 손목
세월이 흘렀어도 푸른 동맥 사이로 선명하다

천천히 오랫동안

아무도 알 수 없는 길로
시간을 전송하네
입구가 표시되지 않은 팻말
멈춤도 허락되지 않는
그 길을 따라 걸어가네
너무 자주 길을 잃고
돌이킬 수 없어
시간은 더 무거워져 갔네
저항할 수 없는 길들은
지금도 침묵하고
이미 잃어버린 길들은
죽어서 다시 새로운 세상이 될까
함부로 말할 수 없는
달콤하고 외롭고 깜깜하게
나를 삼키고 잠든 시간들

파르페(Parfait)

문득 허기진 오후
완벽하다고 믿고 싶은
달콤한 디저트가 먹고 싶을 때
허기진 오후에 아이스크림을 얹을까
달콤함이 더하도록 도넛 또는 케이크를 얹을까
오늘은 미끄러지듯 한쪽으로 기울고 있는 기분을 떼어내어
세모로 조각된 케이크를 선택한다
오후의 그늘이 단숨에 환해졌다

무드셀라중후군

그해 여름은
굴복하고 싶지 않았던 나를 점령해 버린 가시나무 숲과
비에 젖은 너의 여윈 등을 적막하게 바라보는 일부터
견딜 수 없던 모든 것들에서
허물을 벗듯이
무거움을 끌고 가 가벼움으로 덮는 비 되어
내리고 싶었다
비처럼 가벼워지고 싶었다
쑥쑥 자라나던 접시꽃 같은 붉은 상처 아물어갈 무렵
그해 여름 그렇게 떠나 보내고
모두가 지나가고
모두가 지나고 난 뒤 생각하니
이상하게도
차가운 상처처럼 핥고 지나갔던 그 여름의 기억들이
내 가슴 무성했던 가시나무숲들이 그리워진다고
어쩜 가여울 수도 있었던 풍경들이 그래도 아름다웠다고
가끔 꿈틀거리듯이

무드셀라중후군 – 자신의 어두운 과거를 미화시켜
아름답게 기억하고 싶은 증상

세월

아침에 일어나 겨드랑이를 툭툭 두들긴다
나이만큼 두들기면 건강에 좋다고 해서
더러 단단해져 있거나 잠이 덜 깬 살갗들을 두들기며
속으로 하나 둘 숫자를 세다 보면
문득 느끼게 되는 내 나이의 깊이
살짝 내리는 비에도 힘없이 떨어지던
꽃잎 같은 하루하루 들이
얼마나 많이 쌓인 걸까
나는 지금 어디쯤 서 있는 걸까

촛불을 켜며

비밀처럼 감춰둔 곳
나만의 의지 처
붉은 연시 등 하나 걸고
오늘도 촛불을 켭니다
살다 보면 누구나 기쁨의 생에 머물 길 갈구하지만
간혹 예고 없는 절망에 갇히게 되기도 하고
또 어떤 날은 정의로움을 위하여
항의와 울분이 촛불의 물결이 되어
불가능도 가능으로 일구어내는
장소에 서 있게 만들 때
제 몸 태워 녹이며
상실의 자리들 위로와 희망으로 채워줄
작지만 큰 파동으로 퍼져나갈 촛불을 켭니다

배롱꽃 진자리

가을의 문턱을 넘기 전
곧 사라질 마지막 몸부림이었다
몇 날 며칠 더욱 붉었던 꽃물들
깊어진 절정으로
질 듯 말 듯 일제히 흔들리던 몸짓
아직은 물결처럼 일어서려던 짙은 초록과
축제의 난장같이 뜨거웠던
여름 뒤편 이야기들 무성한데
스미듯 늦출 수 없이 오고 있던
어쩔 수 없는 일렁임에
서둘러 떠난 나의 스무 살 닮은 붉음
우수수 떨어진 경이롭고 쓸쓸한
지난날 꽃 그림자

에메랄드반지

시어머니 에메랄드 반지 물려받던 날
네게 건너온 연둣빛 바다에 떠 있던 하얀 섬
작은 들판도 무수히 지나
더 잘 살거라
따듯한 체온으로 내게 닿은 무언의 물결들

양면성 (벌레잡이 아프로디테 제비꽃을 보다가)

꽃은 당연히 아름답고 화려해야 꽃다운 것이라지만
그렇지않은 예외도 있다는 것을
달콤한 향기에 이끌려온 파리 한 마리
위장된 덫에 갇혀 유혹당한 대가의 목숨을 던진다
수줍은 섬모 위에서
파닥이다 숨을 거두는 희생물을
탐욕스럽게 거두어들이는 표정이란
앙증맞고 귀여운 작은 꽃잎 어디에서 나왔을까
믿기지 않은 비릿한 생존 법
차라리 분홍빛 사랑스러운 꽃잎이 아닌
냉정한 파란 꽃잎이었다면
은밀하고도 달콤한 이면처럼 겉 다르고 속 다른
속내를 감춘 게 어디 아프로디테 제비꽃 뿐이겠는가
이 세상사

자화상

미얀마로 가는 밤 비행기 창 밖
하늘인지 구름인지 어둠인지
경계가 없던 감청색 저편
외로이 떠 있던 뭇 별이었는지 몰라
아득한 시간으로부터 다가와
나의 영혼으로 만나기까지
세상의 문을 열고 시작된 여행
낯선 이의 그림자를 밟듯
혼돈에 작아지기도 하고
모든 중심에 서있고 싶은 욕망으로 출렁일 때
조용히 반짝이고 있던 뭇 별을 생각해
창밖 어둠 속 혼자 떠 있던

시인이 된다는 것

가끔은 그냥 잊을까 했지
몸살에 시달릴 때마다
쉽게 갈 수 없던 길
헛디딘 발의 통증
견딜 수 없게 하는 유랑으로 떠도는 나의 노래들을
지온 밑에 숨어 꿈틀대는 나의 노래들을
완성하기 위해
너무 늦지 않은 나의 숲으로 가는 길

낙화

지금 그대로 피어있어
빠른 엔딩은 싫어
오래도록 바라보며
난 너를 닮고 싶은데
말하지 않아도 천천히 시듦의 시간으로 건너가는
어두워진 꽃 그늘
응달지듯 떨어져 갈 자리
상처를 밟는다는 것
깊은 비애이다

따뜻하게 기대었어 이 아침에

그리그페르퀸트 제 1모음곡
아침의 기분 치유를 듣고 있다 보면
먼 곳에서 도착한 가볍거나 무겁지 않은
은설을 밟으며 걸어가는 음계의 발자국들
한 번도 가본 적 없는 먼 그곳의 풍경들이
새떼들처럼 날아와 창가에 앉는다
그 나라 장미들은 더 붉었을까
두꺼운 우울들을 걷어내는 음률들이
곧은 길을 내는 아침
평화처럼 천천히 내 살갗을 뚫고 들어와
폐부로 퍼져나가는 치유의 흡수
음악도 때로는 주술의 힘이 있다는 것을

비로소 깨닫는 것

참 오랫동안 잊고 있었구나
살아있게 만드는 내 전부였는데
그건 방임이었을까
확고한 믿음이었을까
쉽게 접근할 수 없는
저 너머 세계가 궁금할 때가 있었는데
막상 그 속을 까발리는 순간은
흑백 사진처럼 어두워진 두려움의
그늘에 속절없이 갇혀버린다
아주 온순하고 겸허한 아이가 되어
그동안 무턱대고 믿고 있던 믿음이
위세척액처럼 빠져나갈 때
그동안 내버려 뒀던 방임에 미안해진다
하나 둘 뉘우침 헤아리다 아득한 수면으로 떨어졌던 그 이후부터
나를 거부하지 않았던 착한 세포들과
살아있으므로 열심히 뛰고 있는 심장의 소리에
한 번쯤 귀를 기울일 것

지나간 것은

여름날 여우비 한차례 지나가면
어떤 것이 엄마의 출출함을 이끌었는지
양은 냄비에 애호박 매운 고추 송송 썰어
야무진 솜씨로 끓여 주시던 그 면발들
쫄깃한 그 면발들만큼
맛있던 시간에 갇혀 있던 우리는
금세 그친 비 뒤집어쓴 채 옹기종기 모여
웃고 있던 화단 한쪽 채송화 같았다
그럴 때마다 우리는 한 뼘씩 자라났을 거야
쓸쓸한 노인처럼 저물어가는 석양을 바라보는 어귀에
서 있는 지금
문득문득 빗방울들이 혹은 빗줄기들이
이젠 껴안을 수 없는 지나간 시간을 데리고 올 때
나를 키우고 이미 지나간 것을 만지고 싶은 때가 있음을
내리는 비에 묻어오는 지나간 것들에 대한 등불을 켤 때가 있음을

너는 내게 그렇게 있다

이른 새벽에 일어나
출근 전
요양을 하는 아이가 먹을 음식을 준비한다
브로콜리를 다듬고
토마토를 데치고
후식으로 먹을 딸기를 씻는 동안
그들을 경배한다
이 음식들이 아이를 회복시킬 것이라는
믿음과 절실함으로
이미 충분히 아팠던 저항할 수 없었던 날들을
매일매일 씻고 다듬고 데친다
그러면서 나는 안도한다
늘 나는 아침에 새롭게 태어난다

안부

아직 서성이는 겨울의 뒷모습을 보고 있을 때
거제 사는 친구가 보내온
남녘 어린 쑥 섞어 만든 인절미 한 개를 입에 넣어
고마움과 반가움의 안부를 꼭꼭 씹는다
온종일 들판을 누비며 쑥을 뜯는 동안
성정이 착한 친구는 어떤 상념에 있었을까
단단한 겨울을 잘 견뎌냈다고 세상에 눈뜨고 올라온 어린 솜털들
마중하며 토닥였을까
지금은 피어나고 돋아나며 새롭게 도착하는 안부들로 바쁠 때

남해 그곳에 가면

마음 둘 곳 없어 산란할 때
해풍 손짓하는 그곳으로 가보고 싶네
바람에 스치듯 들어봤던
이름이 앵강만 이었던가
삶의 궤적처럼
누워있는 다랑논 천천히 걷다 보면
무겁던 마음들 민들레 홀씨처럼
홀가분 해질지 몰라
서둘러 핀 붉은 장미 넝쿨 한 무리
우두커니 오랫동안 서 있었을 언덕을 지나
바다로 가면
텅 빈 배 한 척 철썩 이는 파도에 자유로이 흔들리고 있을까
둥둥 떠다니던 산란하고 얼룩진 생각들
어느새 푸른 바닷물에 깨끗이 씻길 거 같네

이른 봄날

며칠
이유 없던 가슴앓이
곧 들이닥칠 꽃들의 침입 예고였다
그들이
조용한 뜨거움으로
부드러운 솜털을 뚫는 사이
덩달아 깊어진 불면
밤사이
온 세상을 환하게 점령한 꽃들의 힘
눈물겨운 승리의 날갯짓
한동안
그리 싫지 않은
그들의 포로가 되기 위해
서서히 함락되는 날들

날마다 작아지는 날들

봄 같은 햇살이
아직은 깊은 한겨울 마당에 가득 모여있던 오후
배웅을 위해 대문 앞에서 계시던 엄마
올겨울은 왜 이리 가볍게 따스하냐
겨울은 겨울답게 추워야지
독백처럼 중얼거리던 적막함을 뒤에 남겨두고 떠나올 때
혼자 펄럭이던 깃발처럼
쓸쓸히 따라오던 엄마의 음성
괜찮다. 나는 괜찮다
바쁘게 살다 보니
다시 만날 날은 또 얼마나 아득한가
나와 엄마의 시간은 날마다 작아지고 있는데

바람의 편지

어찌 지내시나요
곁을 지나는 바람에 물어봅니다
아프지는 않으신가요
모두가 몸살 앓는 이즈음
비 내림이 한번 지나간 자리
작은 잎은 더 커 있고
초록으로 물든 바람에 꽃들은 더 활짝 피어 짙은데
해 질 녘 땅거미 밀려오면
가슴에 가시처럼 박혀있던
그대 그리움 자라나 속절없이
그대 머물던 자리 더욱 커져 보여
보고 싶은 마음에 바람의 편지 보냅니다

제목 : 바람의 편지
시낭송 : 박태임
스마트폰으로 QR 코드를 스캔하면
시낭송을 감상할 수 있습니다.

내가 나에게

그날은 그랬어
내가 가지고 있던 하루가 너무 날카롭고 무겁다는 것을
혹독한 마음의 경련이 몇 번인가 되풀이된 뒤
어김없이 날은 흐려오고
들키지 않으려던 우울함이 빗방울처럼 쏟아져
시큼하게 젖어있던 시간
바닥에 뒹굴던 상한 마음들이 내게 말을 걸어왔어
내 안의 평화를 흔들던 또 다른 내가 잠시 휘청인 것에 대하여
그 무엇이 가득 차 있음과
젖은 안개처럼 서 있는 어리석음에 대하여
그래서 어찌할 것인가
비우고 비우며 서서히 일어설 것
그리고 비릿한 흐림을 몰고 왔던 그 무엇들을 밀어낼 것
그다음은 주문처럼 내가 가장 사랑하는 것을 놓아 버리기
침묵처럼 잠이 들기
잠자는 동안 더욱 가벼워지기
그리하여
새롭게 다가오는 날들을 더 환하게 찬미하기

회상

어렸을 적 봄
어머니 꽃다운 나이였을 때
나의 아버지는 하늘로 길을 내시고 그리 떠나셨다
그때는 몰랐었다
무수한 생명 깨남으로 분주히 눈부실 때
조용한 시듦으로 스러져 가는 것이
얼마나 지독한 잔인함인지
여린 살결 같았던 엄마의 젊음이 잔인함에 수없이 상처로 박혀
그대로 멈춰 주저앉아 버렸다는 것을
남겨진 자들의 슬픔처럼
무심한 계절이 쑥쑥 자라날 때
어머니와 아버지 서로 건널 수 없는 가슴 껴안은 채
그리움 속으로 속으로 태우고 계셨다는 것을
내가 그 나이 지나고 보니 이제는 알겠다
갑자기 어두워진 세상의 하늘이 얼마나 무거웠을지를
혼자 껴안고 견디기 아득했을지를

능소화 그 환함의 적막

끊임없이 기다린다고 했지
골목 어귀 그늘진 자리에서
보고 있을까
여기저기 떠돌던
들키고 싶지 않은 쓸쓸함이
서로 기대어 적막 하고도 환한
등불을 켜고 있는것을

끝내 꽃잎으로 번진
깊게 깊게 흐르고 있던 흐드러진
그 긴 골목은
그리움 채우고 싶었던 빈 가슴 이었음을

레쉬가드의 유혹

규격화된 의식에 갇힌
나를 꺼내어
자유로운 바다에 방임하고 싶다
여름이 오면 변함없이

어떤 공존

소나기 몇 차례 지나간
여름이 가득한 풀밭
많이 떠돌고 또 떠돌았을 낯선 풀들이
슬며시 찾아 들어 자리를 잡았다
제 몫의 이익을 따지지 않고
곁을 내준 강낭콩 줄기
떠돌던 질긴 핏줄들이 빠르게 자라난 탓일까
결국 강낭콩 줄기처럼 보인다
공간을 허락한 증표처럼 푸른 멍들이 늘어가고
보슬보슬한 촉감의 흙들이 줄어든다는 것은
그만큼 내 살을 내어 준다는 것
때로는
원치 않는 공존도 살다 보면
서로의 살이 되는 것이지
이익됨과 그렇지 않은 것으로 분류되
어느 순간 한 무더기씩 뽑혀 나갈지라도
더 깊게 발을 뻗고 싶어 날마다 연습을 하는
푸른 발들을 위해
점점 더 가늘어져 가는 허리를 기꺼이 내어주는 강낭콩 줄기들처럼

제목 : 공존
시낭송 : 박순애

스마트폰으로 QR 코드를 스캔하면
시낭송을 감상할 수 있습니다.

7월이 내게로 걸어왔어

아무런 기척도 없이
고요하게 그러나 무성하게
사방을 꽉 채우고 있는 초록들 사이
가만히 들여다보면
외롭지 않으려고 홀로 걷고 또 걸었던
지나온 길들이 얼굴을 묻고
꽃들 사이에 숨어 있다는 것을

정동길 르플 커피숍

해 질 녘 끝자락 붙들고
약속처럼 머물던 곳
충분히 따뜻했던 공간
그랬지
더욱 가까워지기 위해
우린 늘 거기에 있었고
사랑을 마시는 동안
계절도 잊었었지

지우지 못한 풍경

아직 지우지 못한 풍경
그 길목에 오늘도 나는 서 있어
가까이 또는 먼 거리에 있는
그대 발걸음 소리
처음 내게로 왔던 그 길목에서
풍경으로 흔들리고 있는 그대

부패할 수 없는 중독성

불면증이 깊어 갈수록
푸른 알약을 먹는 횟수가 늘어
어느새 푸른 물고기가 되어 버렸어
절대 빠져나갈 수 없는
나를 가두고 있던 너의 바다
안쓰러운 섬 하나
이것을 무엇이라고 해야 할까

때로는 가끔

인도풍 다르질링 홍차 냄새가
유독 짙었던 그 찻집이 있는 골목에서
가끔은 예기치 않게 너와 마주치게 된다면
어느 해 봄에서 여름으로 가는 동안
우린 많이 행복했었지만
이제는 너와 나 더 이상 우리가 아닌 까닭에
따듯하지 않은 불빛
따듯하지 않은 거리에 서서
기댈 곳 없는 쓸쓸해진 기억들이 기웃거릴 때
아직은 낯익은 골목 어귀 어디선가 한 번쯤
너와 나 예기치 않게 마주치게 된다면

오래된 기억 (광성보에서)

하늘에도 길이 있는 줄 알았지
하지만 꿈속 같은 그 길은 너무 멀고
길이 없어 곧 사라진다는 것을
이별을 예감했던 광성보
잠시 먼 길 돌아온 바람 소리를 듣는다
무던히도 더웠었고 많이 우울해서
더 작아지던 그해 늦여름처럼
가슴속 화인으로 찍힌
망초꽃 흰 수평선 무리 지어 있던 애틋함
이곳에 서면
어쩔 수 없이 살아나는
바람에 갇혀 있던 가여움
가슴으로 곧게 뻗어 있는 곳 사라질 길을 따라
오래된 기억을 끌고
하늘로 날아오르던 새떼들

옹기

신열처럼 타오르던
뜨거움과 외로움 천천히 인내하며
홀로 단련된 끝에서
희열로 얻어진 생명 아니더냐
어둠의 언저리 같은
화려하지 않은 절제성
무채색 깊은 언어로 전해주는
적막한 겨울 냄새가 날 것 같아 좋았다
너의 소임은 품는 것
쉽게 변치 않는 지극함으로 오가는 세월 속
때로는 구름도 때로는 달빛 서넛 조각도
스쳐 지나가는 바람의 향기도
정감으로 안아줄 테지
장맛이 좋아야 집안이 잘된다고 귀히 여기어
정갈하고 신성한 곳에 자리 잡고 받들어질 몸
긴꼬리 치마 넉넉히 동여매고 서 있던
조선 여인네 같은 우리 엄마 생각이 난다

제목 : 옹기
시낭송 : 박영애

스마트폰으로 QR 코드를 스캔하면
시낭송을 감상할 수 있습니다.

윤동주 시인 (간)을 읽다가

인사동 시가연 벽면에 걸려있던
백열등 아래 흔들리고 있는
그가 갈망하고 꿈꾸었을 별과 사랑과 평화와 쓸쓸함

코카서스 산 중에서
도망해온 토끼처럼
들러리를 빙빙 돌며 간을 지키자

빛바랜 종이 위에 붉은 꽃잎으로 날고 있는
순결한 언어들을 읽고 있다 보면
시대의 고단함 견디던 짧은 시인의 생애가 별같이 반짝인다
지금 내가 누리는 푸른 하늘의 자유가 미안해
갑자기 목마름으로 한잔의 막걸리 벌컥벌컥 마시고 싶을 때
맑은 사슴 같은 청년 슬며시 다가와 웃고 있다
내 앞에 서 있는듯하다

게으름에 대한 후회

한때는 온 힘을 다해
초록을 빨아올렸을
정좌에 드는 나목들
몇 개의 계절을 건너
숭고한 완성을 이루는 동안
문득 나는 무엇을 했을까
너무 천천히 걸어오느라 세월을 유기해 버린
죄인이란 이름을 달아야겠네
제철 다 해 바닥에 뒹구는 낙엽처럼
조금씩 조금씩
내게도 세월이 낙엽처럼
떨어져 나가고 있었음을
비로소 어리석었음을

살아낸다는 것은

시장 어귀 모퉁이
푸성귀 몇 단 졸고 있는 좌판 앞
함께 지낸 가난도 쪼그리고 앉아
쌉쌀하고 알싸하게 살아온 날들을 껴안고
손님을 기다리고 있다
가끔 지나치던 아낙네들
슬쩍 건드려 보고 멀어지는 발걸음 소리에
주인을 기다리고 있던 푸성귀들
허탕 친 풀 죽은 낯빛 생기를 잃고
지친 듯 축 늘어진다
한껏 날카로워진 정오의 햇볕에
더해가는 목마름
더 이상 시들지 않으려는 몸부림
부지런 떨어도 잘 살아내기 더딘
갈라진 투박한 손마디로 한숨만 뿌려댄다
살아낸다는 것은 어쩜
수없이 시들다 다시 살아나 목마름 참으며
보이지 않는 그림자처럼 밀려나 있는 삶을 껴안는 것
희망 같은 전대 속에는 하루의 노고가 만 원짜리 두어 장뿐
어쩔 수 없는 아득함 일지라도
침 묻혀가며 돈 세어볼 날 그런 날 있을 거라고
가난의 어깨 위에 내려앉아 위로하며 저무는 하루

전대 – 앞치마처럼 두르고 돈을 담았던 주머니

침잠

그대 생각에 갇혀 있었지만
말할 수 없었어
침묵 같은 미로의 문을 하나씩 열 때마다
그대 생각 부피들이 줄어들까

끊임없이 빠져나오고 싶어 달아났지만
어긋나고 어긋나
끝내 맞출 수 없던 퍼즐처럼

지독한 애증으로 서 있는
그대 생각에
점점 더 깊이 가라앉을 뿐

바람으로 존재하는

너를 생각하는 건
바람이 되는 것
하루에도 몇 번씩 바람이 되어
내 곁에 머물다 돌아가곤 해
견딜 만큼
바람으로 왔다 바람으로 가버리는 까닭에
만져볼 수 없는 너의 몸
흔적이 없기에 아프지도 않은 우리의 사랑
가끔은 만져 보고 싶어 손 내밀어 보지만
손가락 사이로 빠져 달아나 어디에도 보이지 않지
나의 숨결 닿을 수 없는 먼 하늘가
허기진 그리움 되어 흔들리고 있는
끝내 도달할 수 없는 너의 심장에
조금 더 가까이 다가가는 건
나도 바람이 되는 것

기도

거창한 것도 아니고
불가능한 것도 아니지만
어쩌면 이루어지기 힘든
아니면 쉽게 이루어질 수도 있는
아주 간단히 아주 어렵게 하는
그 무엇의 갈망
그렇지만 이루고 싶은 염원으로 기도한다
고요한 파문을 보내며
정갈한 마음을 모으고
빛처럼 어디에 계실 내가 의지하는 신에게

가을 햇살에

도도했던 청춘 어디쯤이었을까
정답 없는 물음에 잔뜩 고독해져 돌아오던 길
그때 보았지
제멋대로 뒹굴던 생각들을
조용히 다독이며 끌고 가던 여문 햇살을
세상의 중심이 되어
무작정 날고 싶었다면
조용히 웃고 있는 성자처럼 담장 곁 기대어 서 있는
홀로 핀 해바라기 노란 고립을 보라
끝내 내 것이 될 수 없는 것이 많았음을 알았을 때
차라리 노란 고립의 해바라기처럼 서 있어 보라

끊임없이

내가 길들이던 말(言) 들이 떠나가고 있다
완성되기를 거부하며
좁고 협소했던 공간에 갇혀
시름시름 앓아오던 생각들도 따라 떠난 뒤
원활한 피 돌기가 되지 않았음 을 속죄하는 들판에 서서
언젠가 완성의 무리를 이루며 살쪄서 돌아올 그들을 기다리는
완성으로 채울 수 없는 배웅과 재회의 쓸쓸한 반복들

약속 (카메라)

컴컴한 외길 통로 끝
한 줄기 빛이 들어오는 둥근 창에 기대어
엄마를 기다리는 아이가 있다
유리로 투영된 길을 따라
환하게 웃으며 돌아올 엄마를 기다릴 때
창밖으로 보이는 모든 피사체는 그리움의 일렁임
서두르지 않아도 세월은 그리 가는 것인데
너무 바삐 살아 내려 했던 흐린 날들
한 번도 안아주지 못한 아이와 엄마 사이에 흐르던 깊은 강
프리즘 빛이 모여 있던 먼 길 이제 돌아와
저 혼자 커버리는 동안
아픈 통증으로 많이 자라지 못한 아이를 만난다
닫혀 있던 조리개 창을 열고
힘껏 셔터를 누른다
늘 흐림에서 벗어난 눈부신 환함이 터진다
아이는 처음으로 환하게 웃으며 앵글에 갇힌다

하조대

버려도 좋을
구겨진 생각들에 떠밀려
찾아간 하조대
몇 년 만의 해후인가
하늘과 맞닿은
바다의 시작점
추억의 기억들이
얇은 망사 같은
바람의 그물로 되살아나고
나를 이곳으로 데려온
아픔의 무게와 상반되게
꽃잎으로 날고 있는
눈부신 바다

저만치 떠도는 우리

그리운 사람이 있습니다
푸른 하늘 가득
깊어진 그리움
툭툭 터질 듯
무심히 꽃들이 피어나면
언젠가 만나야 할 그 사람입니다

너무 늦게

강은 결코 쉽게 바다가 될 수 없다는 걸
서로 다른 물길을 따라 먼 거리 지나온 뒤
비로소 만날 수 있음을
너와 타협하지 못한 채 떠돌 듯 혼자 흘러온 아득함
억지로 길 아닌 길을 흐르고 있었다면
더 늦기 전 이제는 떠나 보내고 싶다
밤과 낮 갇혀있던 남루한 추억과 한때는 너무 뜨거웠던 해변
잘 가라 헛돌던 생각 들이여
너무 늦은 그들의 자유여

H 역에서

저녁 안개 밟으며
역전 다리 건너올 것 같은 너를 기다린다
더 이상 다가갈 수 없어
많은 날 밤새 혼자 걸어 다녔을
너에게 전하지 못한 말들
이제는 데리고 집으로 가고 싶다
너를 갖기 위해 나를 버린다
오만의 허물을 벗는다
집으로 돌아갈 길들을 밝히고 서 있는 가로등처럼
더 이상 외롭게 서 있지 말자
이별도 쉽지 않음을
네가 올 거 같아 기다리는 동안
무수히 떠났던 기차를 홀로 서서
이제는 보내고 싶지 않음이다

사랑을 잃고

3월의 꽃잎으로 왔던 그대를 보내고
저장돼 있던 사진들을 정리한다
오래 머물러있던 글썽임 들을 베어낸다
이루지 못한 패배의 나무들을
베어내던 순간 잊고 있던 시간 뒤에
숨어있다 느닷없이 걸어 나오는 그대 발자국들
나의 봄 언덕에 이미 사라진 줄 알았던
그 대나무가 아직도 넘어지지 않고 가지를 뻗어
내 살점의 숲으로 있었구나
사랑이 떠난 볼모의 시간을 떠돌며 용케도 살아남아 있었구나
다시 3월의 꽃잎으로 오기 위해

그녀가 보내온 머그잔을 보면서

문득 머그잔 속에 그녀가 있었다
보라색 라벤더 향기 속 살짝 여윈 얼굴로
어둠 속 빛나는 헤드라잇 불빛처럼
갑자기 환해지는 노란 루드베케아 꽃으로
잊은 듯 지낼 때 능소화처럼 활짝 핀 얼굴로 반가운 안부를
가끔 놓고 가기도 하는
때때로 견딜 수 없게 하는 둥근 긍정의 그녀
머그잔 언저리에 있다가
매일 그녀는 나에게 놀러 온다

당신은 내게 있어

나지막한 목소리로
아침 인사 건네는
잠긴 목소리조차 멋있는 당신이고
마음결이 곱고
함께 한다는 단어의 뜻을
그 단어가 나타내는 속내의 깊이를
눈빛으로 느끼게 해주는 당신이고
동행의 의미를 그 몫을
말없이 지키고 있는 또한 당신이다
꾸베씨의 행복한 여행 표지 그림처럼
하늘을 나는 자전거를 타고
마음껏 함께 여행하고 싶은
그런 사람이고
노을의 잔영 뒷 그림자처럼
곁에 있어도 그리워지는 그런 사람이다

겨울 모기

계절을 망각한 것이 어찌 꽃 뿐이겠습니까
참고 있는 울음처럼
눈 속에 갇힌 붉은 장미 그 애처로움 끝나기 전
꿈속이었을까
수직 낙하해 피를 빨고 사라진 놈들의 공격을 받았지요
하찮은 미물일지라도 살아남기 위한
생존의 진화적 본능이 있었다는 것을
신호도 없이
바로 속전속결로 끝내버리는 공격 방법에
무력하게 당하고 말았습니다
섬뜩한 저들의 영민함
이곳저곳 파헤쳐지고 솟아오른 붉은 피해 흔적은 참혹했죠
곧 바리케이드를 친 뒤에 반격과 경계태세에 들어가 보지만
저들의 위장술 민첩성 잠복성은 대단히 지혜롭기까지 합니다
팽팽한 긴장감 날카로워진 응시는
세포 하나하나를 바늘처럼 솟아 있게 하였죠
침묵 속에 얼마를 버틸지 모르겠지만
곧 체념할 수도 있는 나 임을 압니다
잠깐의 긴장감 높았던 바리케이드 전선도 무너지고
아무 일 없었다는 듯 종전이 되고 또 평화의 공간이 오겠죠
아무렴 어때요

어쩌다 항하사 모래알처럼 억겁의 피를 나눈 인연으로
내 피를 빤 어느 놈인가 한동안은 포만의 영양을 얻었을테니
또 어디선가 계절을 잊은 붉은 장미가
얼음 속에도 꽃을 피우고 있을지 모르겠습니다

항하사 – 불교적 용어로 인도 갠지스강 수많은 모래알 수의 개수 단위

꽃잎 질 때는

군대 떠나는 아들을 배웅하는
어느 어머니의 뒷모습으로 미끄러지는
무심한 햇살이 너무 환해 눈물이 난다
시리게 피어있다 떨어지는 꽃잎들
아직은 아름다워 눈물이 난다
잊고 싶어 놓아버린 기억들
가끔 찾아와 물끄러미 나를 바라볼 때
눈물이 난다
어린아이들 즐겁게 뛰노는 웃음소리
푸른 하늘처럼 맑고 맑아 눈물이 난다
지금은 모든 것들이 찬란해 눈물 같은 날들이다

제목 : 꽃잎이 질 때
시낭송 : 박순애
스마트폰으로 QR 코드를 스캔하면
시낭송을 감상할 수 있습니다.

나도 꽃이 되고 싶어

가끔 생각해
정적의 고요가 평화처럼 내려앉은
'너의 꽃술에 들어가
나도 꽃이 되어
천천히 희망을 꿈꾸고 싶을 때가 있음을

그 거리에서

많은 날들
차갑고 뜨거운 암유의 이야기들이
이 거리를 섬으로 만들어 버릴 때
참을 수 없게 하는 설익었던 지나간 시간들이 떠올라
수많은 환한 불빛들이 오히려 텅 빈 거리를 만들 때가 있어
잔뜩 충혈된 기억을 밟으며 속죄의 출렁임으로 걷고 있던
그 속에 내가 있어
지난밤 썰물에 갇힌 과거의 기억 속에 네가 있어
한때는 푸르게 젖어 함께 걸었던 그 거리에
이제는 텅 빈 마음의 우리가 있어

나를 견디게 한 단어

희망
잘 될 거란 희망
나아질 거란 희망
생을 지탱하게 하는 햇볕의 광합성
온몸으로 스며와
상처들을
절망들을
사라지게 하여
내 모든 뼈들이 다시 일어서게 하는

눈 내리는 밤

바람에 흔들리던
푸른 별 하나둘 사라진 뒤
벚꽃 같은 흰 눈 지천으로 피던 밤

나목 사이로 걸어오는
어느 아픔 덮는 소리일까

자박자박
사르르륵 사륵 사륵

정적의 숲
밤새 홀로 깨어있던
작은 새 한 마리

너를 잊지 않을게

나른하게 햇볕을 쬐고 있던
작은 꽃들이 궁금했었는데 물망초였어
도심의 빌딩 한 귀퉁이
가던 발걸음 멈추고 오래 바라보도록 나를 이끌던 꽃잎들
혼탁한 거리를 환하게 물들이던 작은 강함
잠깐이지만 경외심을 표하고 싶었지
꽃말의 의미를 이제야 알 거 같아
잊히지 않기 위해
공해의 안개들을 밀어내고 있던
가냘픈 두께의 생
부디 단명의 순간을 맞기 전까지
최대한 발돋움 오래 가기를

무거운 우울의 근처

너로부터 달아나려고 부단히 노력했고
달아났다고 생각을 했었다
하지만 그 부단한 노력과 생각이
결국은
너에게로 되돌아가는 길이었다
엘피판이 튀어 오를 때 같은
그런 예기치 않은 오류의 번복

12월은 그렇게 눈에 띄지 않으려고

마른 꽃잎으로
푸석하게 내려앉은 일상들을
햇살이 짧아진 탓이라고
애매한 변명을 서둘러
따듯한 차 한잔 속에 넣어 마신다
바람이 촘촘히 서 있는 나목을 휘돌아
적요의 언덕에 서서 한 박자 "쉼"
호흡을 고를 때
모두는 떠나고 어디선가 시작되고 있을
또 다른 생애

하늘

하늘에 빠지다
하늘을 마시고
하늘을 가슴에 담는다
어느새 나도 하늘색 닮아있다
텅 빈 성스러움
평화처럼 불협화음을 평정하는
또 하나의 바다

유혹

어둠에서 반항하고 싶었어
강해지고 싶었어
단절된 부재의 검정에서 벗어나 새로운 태어남
흰색으로 건너가고 싶었어
어둠을 걷어내는 눈부신 빛의 능선
건너가 다시 시작하고 싶었어
내가 묶여있던 비릿한 이별
얼마나 묶여 있었던 걸까
그동안의 저 가엾은 햇살

가벼운 것들 중에서

꿈을 꾸듯
이제 막 자란 아지랑이
정오의 갈증으로 서로 기대고 있는 빌딩들을
아장아장 기어오르고 있는 몸짓
언젠가 당신과 걸었던 청계천 돌다리를 건너고 있는
푸른 이끼들과 변함없이 흐르고 있는 개울물
지금은 잊힌 듯 홀쭉해진 다시 찾을 수 없는 기억들

어느 봄의 기억1 (5월은 나를 외면하고)

지금부터는 생각을 멈출 것
말하기도 멈출 것
하얀 시트 현기증에서 견딜 것
이제 막 돋기 시작하던 어린 나무들이 넘어지고
지금까지 아름답고 따듯했던 모든 것들이 넘어지는
더 이상 우리 것들이 아닌 저 창 너머 풍경들
침묵 같은 복도를 걸어가는 동안
하나씩 하나씩 그리워질 모두를 지우고 있을 때
왜 갈증처럼 몹시 잠들고 싶어지는지
잊듯이 잠자고 싶어지는지

어느 봄의 기억2 (어두운 비에 5월은 젖어)

어둠의 부력이 나를 위로 밀어 올렸고
원치 않았지만, 외줄로 올라가
아슬아슬한 줄타기를 하며 나를 외면한 신을 원망했다
떨어질 듯 떨어질 듯
수시로 휘청이는 동안
닿고 싶었던 땅과의 거리는 얼마나 남았을까
어느 날 내게 다가온 오류
어디서부터 잘못된 걸까
숨고 싶어 목이 마를 때 갈증처럼 멀어져 가는 자유

어느 봄의 기억3 (가까이오라 희망아)

절박함에 봉인되었던 또 하루를 거둔다
그렇게 또 하루를 넘었다
믿기 어려운 순간들을
전생에 무거운 죄업 탓으로 돌릴 때
환한 5월의 계절이 오히려 추위처럼 아렸다
하루하루 망가져 버린 세포 피톨들을 격려하며
순례자의 마음으로 서러워진 시간을 밟고 또 밟으며
내가 닿고 싶은 곳
닿아야 할 곳
큰 바람도 아닌 온전하게 평화로운 일상을 되찾아
따듯한 등불을 켜는 것

견디다의 개작

그대 나무를 심고

초록의 수액이 차오르는 봄이 되면
나의 온몸에도 그대에게 향하는 그리움
푸른 수액처럼 차올라 견딜 수 없는 날
이 세상 유일하게 존재하는
그대라는 나무 한 그루 가슴에 심어봅니다
피었다 스러져가는 것이 많은 봄날
아픔 같은 그대 빈자리에 뿌리내리고
푸르게 자라나 서로를 바라보며
위로의 숲으로 함께 일렁일 언덕에
거센 바람에도 쉽게 흔들리지 않는
견고한 그대라는 나무 한 그루
나의 가슴에 심었습니다

가여운 위안

문득 나이를 먹는다는 것이
서글프고 두렵다 가도
나이를 먹는다는 것이
서글픈 것만은 아니라는 생각을 해본다
살아갈 날이 저물어 갈수록
적적하지 않도록
가득 채워진 생의 무게 속에
아무도 건드릴 수 없는
숨어있는 추억들을
기억의 창고에 빼곡히 채워 놓았다가
꿈꾸듯 조금씩 조금씩 꺼내어 추억하다 보면
허약해진 일상들이 쉽게 넘어지지 않을 테니

복숭아

복숭아 한입 베어 물다 보면
그 속에 환한 보름달 숨어있는 거 같아
백옥같은 살결 툭 건드리며
보름달 한입 베어 물면
달궁의 선녀들 우르르 쏟아져
총총히 하늘로 사라지지
하늘로 날아간 달궁 선녀들 옷자락 끝
남아있던 분내 짙은 향기

서로 다른 반쪽들이

한때는 뜨겁게 사랑했을
곁에 있으면 사소한 일에도 날을 세운 언어의 파편에
그 사람이 아픔으로 찔리고
내가 다시 그 아픔에 찔리다
그 사람이 미워져 외면하고 있는 사이 챙겨주지 않았던
상한 음식을 보며 마음 베인 감정 무너지며
그에게 향하는 미안한 마음들아
아린 마음들아
한때는 초록 즙처럼 싱싱한 사랑에 젖어
오래된 나무 같은 그 사람의 영역에서
시들지 않을 노래를 부르기로 약속했던 시절이 있었으리니
왜 잊었을까
왜 몰랐을까
벗어날 수 없는 그 사람의 영역에서만 꽃필 수 있다는 것을

동행

함께 가고 있는 거야
굳이 말하지 않아도 알지
석양을 좋아하는 이유 하나만으로도
세찬 바람에도 흔들리지 않기

동행 (함께 나란히)

나로 인해 마음 아팠던 이여
나로 인한 서러움으로 방황했던 이여
돌이킬 수 없는 허물 벗으며
깊은 참회로 고백합니다
나 살아가는 동안 소망은 오직
그대와 함께 손잡고 가는 동행이 되고 싶었습니다
늘 그 자리에서
바다를 바라보고 있는
흰 등대 빨간 등대처럼 함께 나란히

어떤 슬픈 연인들

이 세상 지구 어떤 곳에는
죽어서야 서로 이룰 수 있는 사랑이 있다
신화 속 남매가 시조가 된 탓에
같은 씨족끼리 금기된 사랑
허락되지 않는 혼인
슬픈 운명을 터번처럼 두른 지눠족 바스 연인들
이승에서 유일하게 바깥으로 걸어 나올 수 있는 사랑 나눔은
1년 중 한번 허락된 축제 기간에만 손을 잡을 수 있다는 것
살아서는 이루어질 수 없는 사랑을 가슴에 품고 사는 바스연인들은
죽어서 이루기로 약속하지
하늘로 올라가 별이 되어 조상의 땅 쓰줴 줘미에서 허락되는
슬픈 사랑을 약속하지
영혼으로 맺어질 수밖에 없는 슬픈
사랑을 약속하지

지눠족 - 중국소수민족 중 하나

완의 의미

내가 좋아하는 완
그 중에서 몇 해 동안 절실히 갈구했던
완이 주는 의미들
완치 완쾌 완성
다정히 어깨를 기대며 평화롭게
마침내 제자리로 돌아오게 할 거 같은
먼 길 돌아오는 동안 고단함 아늑한 품으로 맞아 줄 것 같아
마음이 놓이고 용기의 나무들을 자라게 하여 안도의 숲을
이루게 할 것 같은
차가워진 것들을 따듯한 온기로 데워줄거 같은
바쁘게 사느라 놓쳐버린
내가 눈치채지 못했던 아름답고 시린 순간들도
용서할 것 같은

천천히 오랫동안

홍진숙 시집

초판 1쇄 : 2017년 9월 1일

지 은 이 : 홍진숙

펴 낸 이 : 김락호

디자인 편집 : 이은희

기 획 : 시사랑음악사랑

인 쇄 : 청룡

연 락 처 : 1899-1341

홈페이지 주소 : www.poemmusic.net

E-Mail : poemarts@hanmail.net

정가 : 12,000원

ISBN : 979-11-86373-85-9